KB275062

울컥

수우당 시인선 019

울컥

2025년 10월 30일 초판 인쇄

지은이 | 손윤금
펴낸이 | 서정모
펴낸곳 | 도서출판 수우당

주 소 | 51516 창원시 성산구 외동반림로 126번길 50
전 화 | 055-263-7365
팩 스 | 055-283-8365
이메일 | dlp1482@hanmail.net
출판등록 | 제567-2018-7호(2018.2.12)

ISBN 979-11-91906-46-2-03810

값 15,000원

＊이 시집은 2025년 경남문화예술진흥원의 문화예술 지원금을 보조받아 제작되었습니다.
＊잘못된 책은 바꾸어 드립니다.
＊저자와 협의하여 인지를 붙이지 않습니다.

수우당 시인선 019

울컥

손윤금 시집

수우당

손 윤 금

- 본명 손연식
- 경남 밀양 출생.
- 2005년 『신문예』에 시가, 『문학세계』에 수필이 당선되어 등단.
- 한국문인협회, 국제펜클럽 한국본부, 마산문인협회, 경남문인협회, 경남시인협회, 회원
- 시집 『거울을 닦으며』, 『내일은 이곳에서 너무 멉니다』, 『울컥』 디카시집 『엄마의 남새밭』을 내었다.
- 서울특별시장상, 마산예술공로상, 경남문협 우수작품집상 수상

| 시인의 말 |

순간이 순간 위로 스미는 순간들을
붙잡았다

말로 다 전하지 못하고
저 깊은 곳에 묻어두었던 웅얼거림을 꺼내
그 찰나에 얹어
세상 밖으로 보낸다

순간이 영원으로 가는 길목에
당신이 함께 하기를

|차 례|

시인의 말

제1부

제**4**부

제 1 부

날아라, 오리야

몸통 없는 날개로만 날아본 적 있니
삐삐삐 세탁기의 신호음이 울리고
문이 열리자 오리들이 깃털을 세워
앞다투어 날아올랐다

박음질한 벽에 갇혀 숨죽이다가
이리 철석 저리 철석 사정없이 얻어맞자
힘없는 신선을 찢어내고
파닥거리며 밀고 나왔다

하얀 날개를 달고 어기적어기적
노인처럼 걷기만 했지, 날아본 적 없었지
죽어서도 사각 벽에 갇혀있던 오리
이제 훨훨 날아올라 자유를 얻었어

사각 벽 속에 갇혀있다가 찾아온 자유인데
휘청거리며 훅 들이닥치는 외로움이라니
무겁고 무서운 잡념 툭 내려놓고
닫혔던 가슴 활짝 열고 날아보자, 오리야

안부를 묻다 1

오랜만에 오셨군요
부모님 모시고 동생과 저 세상 여행 다녀오셨다고요
잘 지냈냐고요
마냥 서러워 할 수는 없으니까 그럭저럭
당신이 고생하신 덕분에 예나 지금이나
오늘처럼 잘 지내고 있어요

쯧쯧 혀를 차며 아까운 사람인데
참 아까운 사람 맞습니다
오랜만에 당신의 목소리 들으니 좋아요
밤새 내려 초롱한 빗방울 떨어질까 봐
빨랫줄에 앉지 못하시는군요
옆집 차가 움직이나 봐요
당신 목소리가 자꾸 멀어져요

다음엔 혼자 오지 말아요

안부를 묻다 2

아 그래, 나야 잘 지냈지
여기는 당신도 없잖아
걱정할 게 뭐 있어
나는 아까운 사람이 아냐
마음 쓰지 마
오랜만에 당신 목소리 들으니 좋네
나는 당신 세상이 생각도 안 나
모든 것들이 다 흩어져 버려
당신도 내 세상 궁금해하지 마
더 오래 있다가 와
그래, 늘 웃어
당신의 삶을 당신처럼 살아
간혹 당신 기억 속에 나를 살게 해줘

어둠을 켜 놓고

수변공원 둘레길
초저녁 가로등 불빛 안으로 사람 하나
들어왔다 이내 사라진다

어둠 속에 잡아먹히는 혼자이거나
당신과 내가 함께여도 혼자였던 것처럼

언젠가 발밑에 일렁이는 불빛 때문에
지상에 발을 딛고 있어도 멀미가 났다

잔 이랑이 쉼 없이 파도를 밀고 와서는
허무하게, 아무것도 남기지 않고 이내 사라져도
다 전하지 못한 내 속울음이겠거니 했는데

어둠이 불을 밝힌 것인지
불빛이 어둠을 불러온 것인지

어두울수록 더 선명해지는

먼 기억들 사이

당신이 홀로 어둡다

강된장, 호박잎

시골 옆집에 심어놓은 호박잎 뚝 뚝 따 왔다
땡초 대파 양파 멸치 우려낸 밑국물에
짭쪼름하게 끓인 강된장
찐 호박잎 쌈을 먹는다

마주 보며 함께 웃어 줄
호박꽃 같은 사람이 없어 혼자 먹는 밥

아무리 긁어도 가려움은 없어지지 않고
꺼칠한 호박잎에 스친 살갗이 발갛게 부어오르듯
쓰리고 아픈 가슴 저 밑바닥에
까실까실한 먼 기억

그 더운 여름에도 남편은
본가 마루에 걸터앉아
스텐 밥그릇에 강된장 듬뿍 담아서 호박잎쌈 먹는 걸
가장 큰 즐거움이라 했는데
시어머니는 입안이 소태같이 쓰다며

강된장에 말아 후루룩 빨아들이는 국수를
제일 맛있다 했는데

혼자 앉아
빚진 것도 없이
빚진 것만 같은 마음이 되어
명치끝이 너무 아파
눈이 매운 날이다

미역국

금방이라도 바스러질 듯한
오래 묵은 미역을 불렸습니다
터져 나온 양수처럼 미끈거렸습니다

내가 태어날 때 난산이었다고 합니다
세상 밖으로 나오지 못하는 아이나
세상으로 내보내 주지 못하는 엄마나
온 생을 걸고 마지막 힘을 서로에게 나누었겠지요

−미역꾹은 끼리 문나

구순을 넘긴 엄마가 음력 내 생일을 챙깁니다
전화기 너머로
그날의 미안함을 담아서

−소고기미역국 끓여 먹었지. 걱정하지 마!

꺼끌꺼끌하던 목으로 내 목소리가 미끄러집니다

전화기 너머로
그날의 고마움을 담아서

떫고 텁텁하던 입안이
전화 한 통에
개운해졌다 하시는 엄마
그 목소리 오래 우려낸 국물처럼

하늘이 깊고
바다가 높은 날입니다

심지

아이는 태어나는 날부터
애간장을 녹이던 심지였다
엄마는 백일 된 아이가 숨이 멎었다며
축 늘어진 아이를 업고
입소문 따라 정신없이 뛰어다녔다

두손 두발 미동 없는 아이
구들목에 눕혀
입안에 기름을 머금고 얼굴에 뿜었다는데
꺼져가는 한 가닥 심지의 불씨
가슴 쓸어내리던 울음 터뜨렸다

심장이 까맣게 타들어 갔던 울 엄마
지금도 해바라기처럼 웃고 계신다
아픈 손가락 오래오래 살라고
무명 치마 단을 자른 실올
호롱불 심지로 단단하게 돌려 박았다

장국

아흔 울 엄마 눈에는
아직도 나는 열 살 시원찮은 약골이다

동도 트지 않은 이른 새벽
보행기에 의지한 채
예순여섯 딸에게 끓여주신
새알 미역 그 장국이 너무 맵다

-보일라 올렸따 방도 뜨끈하재 퍼뜩 묵어바라 한 그릇
다 묵으래이 그라마 감기도 싹 다 도망가뿌끼다

열 살 학교 나서는 길
복통으로 뒹구는 나를 업고 뛰던 엄마 등이
아직 너무 따뜻한데
엄마 등에 기댄 내 속은 어째서 이리 더 시린가

선물

당신은 떠나고 하릴없이
장롱 서랍을 정리한다
비싸고 귀하다고 아껴둔 브랜드 속옷
차마 입지 못하고 쟁여두었다가
하얗게 잊어버렸다
결혼기념일과 생일마다
꼬박꼬박 어김없이 주었다
입었는지 안 입었는지 모르는 게 최고여
그러고 보니 내 속옷 치수도
제대로 모르고 살았다
비싼 브랜드 속옷은 아껴 제쳐두고
눈대중으로 고른 싸구려 속옷이 만만하고 편했다
꺼칠하거나 땀띠 나거나 자국나거나 틀어지거나
어느 듯 선물은 멀리 떠났고
입지 못한 선물만 잔뜩 남았다
입을까 말까 하다가
당신을 해어져 버리는 것 같아
차마 입지 못하고 깊숙이 쟁여 둔다

빨랫줄에 고무줄 늘어진 속옷들
문득 비바람 맞아 후줄근하다

숨소리를 보다
-우진에게

우진이는 엄마 뱃속에서 뭘 먹고 자랐어?
우유 먹고 자랐지

어떻게 생겼지?
길쭉한 게 있었어, 있었다니까

입으로 먹었어?
아니 배로 먹었어

엄마 뱃속에서 수영은 잘했어?
못 했어

왜, 물이 있었을 텐데?
어릴 때는 물이 많았는데
크면서 물이 많이 없었어

그럼 뭐 하고 놀았어?
발차기하고 텀블링하고 놀았어

스마트폰 화면 속
우진이 머리를 쓰다듬는다
따스한 볼 한 번 비벼 본 적 없지만
보고 있어도 만져보는 손자다
화면이 까맣게 꺼졌는데
숨소리 더 또렷하게 보이는

눈길이 손길이다

구석에 밀쳐놓고 까맣게 잊힌
고급 가죽 소파를 꺼냈다
뽀얀 얼굴일 거란 기대는 착각이었다
남편과 자식 길 찾아 주느라
손길 한 번 주지 않았던 무심함을
고스란히 소파가 닮고 있었다

기름기 빠져 갈라진
주름 사이에 칙칙한 검버섯이 피었다
삶의 흉터처럼 굴곡진 피부
펴져라 펴져라 수선을 뜬다
나이가 젊다고 세월을 방치한 탓이다
눈길과 손길을 놓친 탓이다

뒤늦게 광택제로 밀어 본들
겉만 번들거리다 이내
까칠까칠 주름만이 도드라졌다
가는 세월 당겨 밀면 주름이 펴질까

속절없다 손길 놓쳐 면면상처面面相覷 하다가
조촘조촘 눈길로 거울 앞에 앉은 소파

문득, 술

닭갈비 지글지글
한껏 풍미가 오르자

소주잔이 후다닥 달아오른다

자시라
드시라
할 손 없어도

앞자리에 놓인 술잔에
위하여를 한다

비지 않는 술잔과
자꾸 허기지는 술잔과

더 이상 짙어지지 않는 어둠과
닭의 목을 비틀어도 오는 새벽과

멍

머리에 멍이 들어 하얗다
봄은 언제 왔는가 멍때리고
목련 개나리 벚꽃 보고 멍때리고
산등성 보고 멍때리고
바위 보고 멍때리고
엄마 이마 잔주름으로 밀려드는 바다 보고 멍때리고

이래도 멍 저래도 멍
멍멍 짖다 보니 멍텅구리가 되어버렸다
멍때리고 살다 보면
어지러운 생각이 물방울 터쳐
팽팽, 팽이처럼 머리가 돌아갈 줄 알았다

뭐 하는 데 아니고 멍하다
백지를 보는데 글씨가 멍하고
글씨가 멍하니 생각도
푸른 멍이 잡힌다
머리에 퍼렇게 맺힌 피,
붉다

나를 일으켜 세운 건

고맙다, 두 손 모아 절을 올린다
할 줄 아는 건 달랑 어묵볶음 한 가지
그래도 괜찮다 하셨다
모르는 게 많아도 꾸짖는 이 없어
스스로 어깨가 움츠러들어 주눅들었다
십 년 이십 년 견딘 세월
굽은 어깨 펴라며 힘을 실어 주셨다.

배운 게 없어 손발이 바쁘기만 했다
대문 두드리는 소리에도
양은 냄비가 먼저 흠칫 놀라
음식이 공중을 맴돌았는데
삶이 곰삭을수록 부엌살림은
음표를 달고 춤을 추었다
오냐오냐 할머니 그늘을 벗어나
찬찬히 주위를 돌아볼 여유가 생겼다

세월이, 고맙다

이제 소 한 마리쯤 거뜬히 잡을 수 있는데
칭찬해 줄 곁이 없다

길

인간 내비게이션인 남편이 옆자리에
찰싹 붙어야 바퀴가 제대로 굴러갔다

밤꽃이 흐드러지게 피던 6월
모든 길을 잃었다

-요즘은 멍청하니, 생각이라는 게 없습니다 스님
-나뭇잎도 한날한시에 떨어지지 않습니다

다른 길잡이가 길을 열어도
진창에 처박히거나
허방에 곤두박질치거나
도무지 알 수 없는 길을 안내했다

알고 있는 길만 간다
익숙해서 안심되는 길만 고집한다
지름길이 오히려 먼 길이 될 수 있다고 조심한다
샛길은 위험해서 큰길만 굴려야 한다고 다짐한다

혼술

불빛이 가마아득하다
늘 그랬다
어둠이 술잔에 흐른다
침묵이 술잔에 푸르다
그래, 잘하고 있어

멋지다, 이렇게 사는 거야
뼈 없는 닭발이어도
쫀득거리며 찰지게
닭똥집처럼 허접하게 살아도
꼬들꼬들하고 오독오독 오늘을 살자

혼술은 혼魂술이다
세상의 물에 빠져 허우적대는 넋을 건지는
푸르디푸른 넋대다
죽은 듯 살아온 오늘 하루 나의 넋을
거두어들이는 넋걷이 노래다

무통 금지

수술 후에
통증을 줄여보겠다고
무통 주사를 달았다

여러 차례 수술과 시술을 하면서도
초주검이 되어도
그때는 몰랐다
원래 다 그런 줄 알았으니까

머리가 깨질 듯이
아니 터져버릴 것 같이
속은 울렁거려서 미친 듯이
눈이 감겨
이를 악물어야 했다

간호사가 묻는다
어디 불편한 곳 없느냐고

혀가 안으로 꼬여 말이 나오지 않았다
무통 주사를 떼고
해독 주사를 놓아주었다

정신을 차려도
소태를 씹은 듯
입이 썼다

세상 모든 고통을 지워주는 무통이라고
쓴 맛 오지게 봤다

댓글

숨 넘어가는 소리로 떼창한다
점점 거칠어진다
빙빙 돌고 돌아 달팽이관 흔들고
토악질 사이로 들끓는다
사시사철 한여름
낮 밤 구분 없이 울어대는
매미 소리 대낮 같아
떼창에 걸려
사람 사는 소리 들리지 않는다
떼창이 떼창을 갉아먹고 있다
칠흑처럼 어두워지면
눈앞의 모든 것이 사라지면
멈출까

제 2 부

궁류저수지

동안거 든 스님처럼
묵언이 내려 쌓이고 있었다
물살은 얼어붙은 지 오래
짧은 햇살은
쉬이 밤을 내어 준다

산새도 다람쥐도 바싹 마른 나엽도
바스락거리는 소리로 살아가는 곳
저수지 바닥 썩어가는 줄도 모르는
등뼈가 세월을 쏠고 있었다
휘어지고 비틀리며
바로 서지 못하는 날들이 수장되어 있었다

겨울은 길고
발길은 다 끊어졌다
남아있는 날들은
오래도록 새 물길에 대해 골몰할 것이다

납작 돌집

널린 것이라곤 돌뿐이라서
무거운 삶을 켜켜이 머리에 이고
납작하게 살아갑니다
사는 게 본디 그렇습니다
태항산 천 길 낭떠러지 벼랑
다랑이에 강냉이 몇 줌
거미줄 치고
바짝 엎드려 살아갑니다

부스러져 튕겨 나간 돌쩌귀
암짝은 문설주에
수짝은 문짝에 박혀
차가운 바람 부는 대로
한 겹, 또 한 겹 누더기누더기
망치와 정으로
뚝딱뚝딱 쌓아 올렸습니다
누더기라서
가볍고 따뜻합니다

얼음장 같은 구들목
장작은 절벽처럼 쌓였습니다

태항산 천 길 낭떠러지 벼랑
접시꽃 하나
불 밝혀 기다리고 있습니다

출렁다리

눈 덮인 동산에 신발 끈 단단히 조여 매고
토끼몰이하던 코흘리개 친구들
호호백발 되어
거창 우두산 출렁다리 건넌다

돈을 쌓아두고
검정 고무신 뒤로 벗어놓은 친구
남은 이는 허탈함을 털고 생각을 다잡거나
술잔을 기울이며 마음을 달랜다

출렁다리는 허공의 세 갈래 길이다
발품 팔아 눈이 시원한 산 자의 길
병상에서 손끝으로 더듬는 아픔의 길
구름 위를 걷는 하얀 천상의 길

아찔한 계곡을 아득히 내려다보다
동창들 이마에 패인 세월의 골짜기를 본다
흔들 다리처럼 만경창파 출렁이는데

살금살금 고양이처럼 살아간다

엘승타사르하이

게르는 달빛에 더 빛나는 금성을 올려다보았지요
고흐의 별 무리가 초원에서 더 푸르다는 걸 알기까지
휘영청 보름달이 환장하게 서늘했고요
유목민의 그 질긴 핏줄에서 핏줄로
어쩌면 몽고반점의 그 연대가
나를 이곳까지 이끌었는지도 모르겠어요
알타이어족의 무리에 끼어서라도
아득한 조상의 온기를 베개 삼아서라도
까마득히 겨우 반짝이는 먼 저 빛에라도 기대어서
초원이 내 영혼처럼 천천히 멀어지길 기다렸어요
역시, 모든 배경에는
이런 밤이 최고이지 않겠어요

남강, 유등축제

물에 젖어도
한 번도 꺼진 적 없는 저 불빛
잔물결에 몸을 떤다

얼마나 많은 기원으로 빚어야
저토록 환한 밤이 될까

발소리 웃음소리 달그림자

남강이, 유등이
온통 구만리 꽃잎으로 타는 물결이다

몽골에서

초원을 팽팽하게 잡아끌던 힘이 빠질 때
야크 떼가 검은 점으로 사라지기 시작할 때
우리는 언덕배기에서 땀에 전
군인행렬처럼 배고픈 짐승처럼 내려오고 있었다

멀리 산등선 위로 보름달이 불쑥 솟아올랐다

말도 안된다 싶을 만큼 이유 없이 자꾸 먹어도
뱃속을 아무리 든든하게 채워도 허기는
도무지 사라지지 않았다

몸속이 고픈 게 아니라 몸 밖이 허전해서였을 것이다

아침에는 몽골리안 비프를 먹고
점심에는 말과 야크의 샤브샤브를 먹고
저녁에는 허르럭을 먹었다

몽골의 초원이 모두 몸 안으로 들어와 허기를 속이는

동안
　밤이 깊어졌다
　더 큰 적막이 들어차고 있었다

남강

432년 전 3,800명 횃불과 함께 띄운 등불이
붉디붉은 강물로 흘렀다고
한 번도 마른 적 없이 의암을 보듬고
진혼으로 기원으로 질기게 이어왔다고
굽이굽이 흘러 바다에 닿아 생명을 다할 때까지
민초의 젖줄이고
항쟁의 역사이고
애국의 증표가 되어
내일도 그 다음날에도 여전히
흐를 것이라고

저 빼곡한 불빛이 한 치의 거짓 없이 증언하고 있다

숨, 좀

평생이 평원이었습니다
손발을 땅에 묻고 사시던 아버지
하남성 밀밭에서
두 손 두 발 가지런히 잠들어 갑니다

빵틀만 한 구멍 내어놓았습니다
제발 숨, 좀

악양

개양귀비꽃이 지천이다
너무 아찔해서 휘청거리는 오후다

꽃의 한 철 속에 들어
어디론가 흘러가는 사람들

활짝 웃는다

모든 웃음 속에 깃든
저,
긴 그늘

꽃의 무리가 꽃의 그림자를 품고
꽃의 방향이 꽃의 이정표를 세우고

꽃의 경계, 뚝방

황홀의 이쪽에서

무심의 저쪽으로

넘나드는

감정의 언약

엄마가 우리를 보고 그랬듯이

솟대

안개는 벼랑 끝까지 차올랐다
낭떠러지라는 사실을 숨기기라도 하려는 듯이

더 이상 한 발을 내딛지 않으려고
이를 악물던 순간을 허방은 알고 있다

모든 것을 삼킨 캄캄도
제 힘껏 두려움을 덮어버리는 환한 안개도
어찌 되었건
앞길을 지워버리는 건 마찬가지다

한 생 전부를 걸고 마지막 한 호흡으로
기도가 하늘에 닿고 있다

투본강에서

냇물에서 함께 멱 감던 코찔찔이 우리들이
이월 베트남 호이안에 있었다
모두 봄의 씨앗 하나쯤 품었던가
대소쿠리에 물소 똥을 발라
물 한 방울 스며들지 않는 배를 타고
박상철 가수의 '무조건 달려간다'는 노랫말에
흔들리면서, 환호성을 지르면서, 돌고 돌면시
강을 쩡쩡 울리던 강물에 온몸을 내맡겼다
천원의 팁이 뱃사공의 미소를 덧댈수록
우리들은 청·바·지를 외치며
목이 터지라고 우리들이 살아온 원을 그렸고
번지는 물결이 주름으로 잡혀도
그 위를 찬란한 웃음으로 덮어도
가려지지 않던 세월의 더께가
아렸다 흐르지 않는 듯 흘러가던 날들이
저녁노을로 지고 있었다.
우리가 정말 호이안에 있었던가

절규

발가락에 잡힌 물집이 터진다
통증은 발끝이 아니라
빛 한 줄기 들지 않는
매일 조금씩 더 가난해지는 생활 속에 있다

일자리를 찾아
걷고, 또 걷고
불안은 이내 불만이 되어
마음속에 자리를 잡는다

식구들이 멀어지고
옆집 사람과는 눈인사조차 나누지 않는다
고지서가 쌓이고
통장 잔고는 위험 수위를 훌쩍 넘겼다
밖으로 새어 나오지 못한 비명이
표정을 일그러뜨린다

하지만,

내일이 그러하리라
이 불안을 이겨낸
애드바르트 뭉크의 태양처럼

한 번 환해진 하루가
다음 날들을 빛 속으로 이끌리라

말의 상처

말 한마디 스치듯 흩날려도
짓밟힌 자리엔 깊은 어둠이 스민다

미친 말이 거칠게 날뛸 때는
오물 피해 가듯이 흩어지는 것이 아니라
더럽혀질까 두려워
먼 길 돌아 도망쳐야 한다

내게 말은 언제나 둥글고 넓고
각진 모서리가 없는 것이었다

그날,
말랑하게 움켜쥔 작은 돌멩이였을까
피할 겨를도 없이
맞은 자리에서 피가 흘렀다

무심코 쉽게 던진 공격,
같이 휘둘러 던져버릴 걸 그랬나

자책과 후회가
테를지 초원의 거북바위처럼
버티기만 할 뿐

몸은 굼뜨고
눈앞의 현실은 까마득하고
알면서 삼킨 독초가
서서히 온몸에 퍼지고 있었다

뱉어내기엔 이미 너무 깊어진 어둠이었다

이노우에 야스시 문학관

가마 속 불꽃이 춤출 때
묵묵히 흙을 어루만졌다는 손

전쟁의 폐허 위에
침묵을 쌓아 올리듯
그릇 하나
천 년의 이야기를 품고 태어났다

얼음벽 앞에서
바위의 숨결을 느끼듯이
차갑고도 날카롭게
사는 것과 죽은 것의 경계를 허물며

문장이 그랬다
한 자 한 자
역사의 탁류 속에서
불순물을 걷어내며
진실만을 남기는 작업

피로 씻은 언어는 맑고
물처럼 깊어졌다

무너진 시대를
사람의 마음에 담는 그릇이 되었다

시간이 흘러도
그 문장은 금 가는 법이 없다

제 3 부

마지막 바람

　경로당 치매 예방 체조 수강생 평균 연령 팔십팔세의
언니들에게
　칠순의 강사가 묻는다

　-오늘 딱 하루만 살 수 있다면 무얼 할 거예요

　목욕재계하고 피붙이 불러 모아 요리시켜 못다 한 이야
기 나누며 기다린다는 의령댁, 친구들 다 불러 모아 맛난
것 먹으며 즐기다 웃는 얼굴로 간다는 고성댁, 불고기에
술 한 잔 거나하게 먹고 자는 잠에 간다는 진동댁, 숨 끊
어지면 나무토막인데 시신 기증하러 의과대학에 간다는
서산댁, 저 세상이 어떨까 생각에 잠기다 간다는 합천댁,
기도하며 간다는 창원댁, 몰라 몰라 무얼 먼저 할지 정
할 수가 없다는 부산댁

　깊은 주름 사이로 저마다의 마지막 바람이 고목에 돋는
새순처럼 피어난다

눈물 빵
-그 놈 의 돈

텅 빈 통장을 보자 발길 뚝, 끊어버렸다고
무궁화꽃이 피었습니다 두 번이면
닿을 듯한 거리였는데

허리 아작 나도록 엉기나게 일했는데
가난만 물려주었다고
그 착했던 아들이 결국 불효자로 만들었다고

돈만 있으면 없던 효자도 생긴다는데
묵고 죽으려 해도 없는 그놈의 돈,

마른세수로 눈물 바람을 씻는 일흔아홉의 아침

시큼하게 부푼 술빵 하나
혼잣말처럼 식탁을 채운다
헛헛한 빈방이 빼곡하다

섬

배는 바다를 붙잡아 두고 있다

한평생 모질게 자신을 섬으로 가두고
드나드는 모든 항구마다
깃발을 꽂아두었다

성난 폭풍우가 몰아칠 때마다
도망치려는 자신을 붙잡고자
비명을 혼잣말로 감추었다

바다가 경계의 바깥으로 사라질 때마다
칼날같이 예리한 수평의 끝이 남겨졌다
겉으로 보기에는 어느 쪽으로도 기울지 않았지만
그 끝이 자신에게로 향할 때는
모든 걸 갈라버렸다

섬과 섬 사이엔
저마다 숨긴 바닥 없는 울음이 출렁였다

불길

－모서리의 불

여든 둘의 진주댁 염주 돌리는 날은
화병火病 모서리를 돌려 깎는 중이다

외롭지 않게 자식처럼 돌봐준다는 말에
덜컥 맡긴 노후 자금 팔천만 원
철마다 꽃구경 단풍 구경 시켜준다는 말에
차 사라고 탈탈 털어낸 칠천만 원

자식 입에 들어가는 것도 아껴가며
모았던 돈 홀린 듯이
아귀 입으로 삼켜지고
토해 받지 못한 억울함
오장육부에 불처럼 일었다

남은 날들이
안부를 물을 수 없는 시간 속으로 빨려들고
시도 때도 없이 겨울 송곳 같은 통증
그 새까만 불,

진주댁은 오늘도 염주로 돌려 깎고 있다

우리 동네 예보관

구름의 걸음걸이로
날씨를 예측하는
그녀를 일컬어 오 박사라 부른다
서녘 하늘에 붉은 구름이 울울하거나
달무리 허연 테가 마르는 듯하면
이삼일 안에 비온데이

소금 장수 오 박사 한마디에
동네 빨랫줄에는 이른 아침부터
온갖 빨래들이 새하얗게 펄럭거렸다
문득 검은 구름이 북쪽으로 내달리면
오 박사는 비 경계경보를 내린다

한 달 넘은 가뭄에도
몽글몽글 양털 구름 떠다니면
갈라지고 터진 논바닥 물기 먹기는 글렀다고
오늘도 구름의 걸음걸이를 재고 있는
우리 동네 오 박사 예보관

기상청 수십억짜리 기계보다
더 정확하다

라일락

MP3에서 팝송 '예스더데이'가 흐른다

－어제는 모든 문제가 너무 멀어 보였어
－어제는 여기 머물기 위해 온 것처럼 보여
－오, 나는 어제를 다시 그리게 돼

사월이면
풍성하게 터진 꽃봉오리에
걸음을 멈추고 향기를 들이마시던
낭만은 이제 흔적도 없고

직장을 들어내고
무릎 연골을 갈아 끼우고
어깨에 석회를 긁어내고

자유인이다 외쳐보지만
음악다방에서 팝송을 신청해 즐겨 들었던 날들은
임영웅 머그잔 속 보랏빛 향기

건행健幸을 외치는 날로 바뀌었다

예스더데이
예스더데이

치킨과 파마

제일 큰 롤을 감은
상주댁 머리 위
몽글몽글 간장치킨이 슬며시 날개를 편다

제일 작은 롤을 감은
청도댁 뽀글뽀글 머리엔
레드와인이 날개를 달았다

날고 싶은 청춘댁
허니콤보 날개를 뜯다
머리카락과 함께 꿈도 흩어졌다

본성을 잃은 날갯짓으로
다시 날아볼까

우리가 물고 뜯는 사이
저녁닭 홰치는 소리

금천댁 흰머리는
어느새 볼썽사나운 오골계 낯빛이 되었고

태운 듯 뽀글거리는 파마 하나가
까맣게 내려앉는다

날갯짓은 이제 기억나지 않는다

한 끼

적십자 무료 급식소 앞 양지바른 담장

폐지 상자 깔고 기다린다

노총각 주오일

눈 뜨면 급식소 달려가는 게

하루를 견디는 힘이다

흰밥과 쑥국, 콩나물에 돼지고기볶음이라니

활짝 핀 목련 아줌마와 개나리 아가씨가

진달래꽃처럼 올려주는 손길마다

어릴 적 받아먹던 엄마 손맛 같아

한 숟가락 뜨겁게 불며 안부를 묻고

고기 한 점 아까워라 안녕을 고하고

식판이 싹싹 비워질 때까지

그렇게 오래오래

천천히 조금씩 허기가 저문다

또 하루가 살아진다고

다시 한 끼를 기다리는 일이

어깨에 내려앉는 봄볕만큼 허기지다

파장

일요일엔 아홉 시까지 번개시장이 열린다
생고등어 세 마리 오천 원, 오렌지 열두 개 만원 만원,
조선 대파 두 단에 삼천 원, 딸기 두 대야 만원
봄 눈 뜨며 발목 잡는 소리인데 귀를 닫았다
막 봄을 풀어 놓은 보자기에
쑥 머위 미나리 넘쳐나는 봄 향기를
손에 쥐어 줘도 거들떠보지 않는다.

송기떡 한 줄에 삼천 원 두 줄에 오천 원
소나무 껍질이 떡고물에 묻혀 대야에 길게 누워 있다
지갑을 열기도 전에 눈이 먼저 먹어버렸나?
배가 등가죽에 붙어 혀가 장구 치던
그때 그 맛이 아니다 추억만 먹은 것이다
뱃가죽에 등이 붙어 구부린 노파가
손등처럼 골은 사과를 주섬주섬 담는다
해는 중천으로 번져 가고
주름진 골엔 꽃그늘이 깃든다

어리광

욱신거리고 아파도
혼자일 땐 아프지 않다

몸이 인기척을 감지하고
부스럭 소리에 스위치가 켜진다

몸뚱이는 관절 마디가 말하고
입에는 자동 모터를 단다

일어나며 아야 아야,
앉으며 아야야야

흰 벽을 스친 사람 그림자 사라지면
모터 스위치 자동으로 꺼진다

아들이 엄마 보러 왔다
일어나며 아야 아야, 앉으며 아야야야

김 할머니

마창대교에 안개가 끼는 날에는
아파트 베란다는 허방만 같아서
커튼 쳐버리고 눈 감는다

아무리 아니라고 고개 저어도
첩 소리 듣고 산 세월 50년
시커먼 커피 속 흘러든 단맛 한 줌처럼

안개 걷히고 햇살 드는 바다 위
윤슬이 왜 이리 눈물 나는지
깊고 푸른 물길 위로
왜 저리도 아프게 반짝이는지

남편도 딸도
안개와 같은 사람
밝은 쪽으론 갈 수 없는 방향

혼자 캄캄하게 타오르는
풍경 하나가 운다

말이 없다

깻잎 비닐하우스
컨테이너 숙소에 코로나19가 번지자
필리핀 베트남 러시아 중국 일손이 본국으로 떠났다
손에 흙 묻히기 싫다던 자식은
도시에 눌러앉았고
인건비는 하늘 높은 줄 모르고 치솟았다
깻잎은 속절없이 자랐고
줄기 시든 양파와 마늘은 꼬꾸라졌다
일손 없어 발을 동동 구르고
입으로는 일하고 싶다던 사람들
정작 아무도 오지 않았다
-갈아엎어야 하나
-농협 대출금도 갚아야 하는데
속이 타들어 간다
코로나19로 떠난 자리
흙이 싫어 도시로 떠난 자식을
주말마다 불러들이고 있다
심통이 난 자식은 말이 없다

손짓발짓 온몸으로 말하던 그들
이제 그리움마저 흙에 묻혔다

얇은 귀

오늘이 마지막이라 다짐했지만
결심은 세숫물처럼 반짝이다가
맹세는 하수구로 흘러내린다

오늘도 홍보관에 발자국을 찍었다
외로운 삶은 늘 엇박자
짝꿍짝꿍 어깨춤에 경로잔치 열리고
–이런 거 하나 사줄 자식도 없냐
오기로 사들인 수입 침대와 이불
허세의 사슴뿔까지
쌓이고 쌓여 아파트 한 채다

–구구팔팔 백세시대 장수하시라
나 몰라라 하는 자식은 멀고도 멀어라
외롭지 않으려고 사들인 물건들이
중고 처리 땡처리로 내몰렸다
낼 모레면 구십
걸음걸이도 절룩거리고

살림살이도 절뚝거리고

얇은 귀가 땅을 움켜쥔다
꿈같은 날의 영화로운 막장은
달셋방 전전이다

제**4**부

비 오는 날

드르르 현관문이 열리면
발발이가 힘겨운 하루를 핥는다

지지지 부침개 우는 소리
솥뚜껑엔 명태전을 굽는다
노릇한 살점은 명태 대가리 보다 먼저 익는다
잘 익은 기억은 늘 눅눅해서 비를 닮았다

새벽부터 내린 비는
철근을 베던 손등에서 아리었다
드릴의 구멍이 귓속까지 울린다
쇳덩이 만큼 빗줄기가 무거웠다

양은 대접이 툭 하고 건배를 외친다
명태 대가리를 쪽쪽 빨며
건강을 연금처럼 모아온 삶
막걸리를 뿌려야 어깨가 펴진다

보약 한 제

한 주 내내 그녀는 다이돌핀이다
즐거움이 있을까 싶은 세파를 헤치고
무한 긍정이 넘친다
대중탕에 저녁반이 모인다
한바탕 웃음 파도가 일고
목욕탕은 출렁거린다
요즘 보기 드문 박장대소다
그녀에게 받은 보약 한 제
한 번의 몸짓으로
남을 웃게 하는 신묘한 능력자다
뒤통수를 얻어맞아도
곧이곧대로 스며드는 그녀는
서서도 받지 못할 사람
앉아서 내어주고
웃으며 보약을 나눈다
즐겁게 드시라며

날마다 수천 개의 암세포를 녹이는

NK세포*를 불러들이는 꼼지락 손가락 하나하나
이유 없이 좋은 사람
감사한 하나님의 딸이다

*우리 몸의 수백 개의 암세포를 무력화시키는 자연 살해자, 내추럴 킬러 세포. 바이러스 및 암세포 대응 백혈구로, 선천성 림프구 세포의 일종 이다.

SNS

장마는 잠깐 소강상태입니다
눅눅한 우울이 쏟아졌다 그쳤다가 하는 사이
소식 궁금한 친구 얼굴이 구름에 겹쳐 지나갑니다
손에는 아무것도 쥔 것이 없는데
빈손은 불안을 힘겹게 밀어내고 있습니다
혼자 보내는 무료한 시간 앞으로
끝없이 넘쳐나는 유튜브는
떠들썩합니다
그럴수록 점점 섬이 되어가는 나는
얽히고설킨 친구 목록 사이로
안부를 건넵니다
한 번도 만난 적 없는 얼굴들이 시끌벅적합니다
잠은 오지 않고 대문 앞에는 빈 박스가 쌓여갑니다

터치 한 번으로 수렁이 되어가고 있습니다
현실이 함께 수몰 중입니다

번아웃

환상통처럼 호루라기 소리가 귀를 찢는다
숨조차 삼키기 힘들 만큼 목이 타들어간다

휴일도 없이 이어진 생계 그걸 천직이라 착각했던 직장
나 아니면 안 된다는 미련하고 우악스러움에
모든 에너지를 태워버리자, 지옥불이다

압력밥솥의 온도가 더 이상을 견딜 수 없다는 듯
요동치기 시작한다
맹렬한 돌기가 끝나면 곧 잠잠해질 것이다
모든 긴장이 사라질 것이다

새까맣게 타버린 재만 남아도
결코 터질 리 없는 압력인 줄 알지만

저 지옥불
속수무책이다

술, 밥

술을 마시고 밥을 먹으면 술밥
밥을 먹고 술을 마시면 밥술

사람이 고프면 밥을 먹고
사람에게 지치면 술을 먹는다

고프고 지쳐서
밥집과 술집을 전전하면서
혀가 꼬이고 하늘이 빙빙 돌아서

속절없는 슬픔은 둥둥 떠다니고

밥의 종족인지
술의 종족인지
잊을 때쯤이면

술은 밥에게 밥은 술에게
꺼이꺼이 목울대를 지나며 서로에게 기대어

하루를 흘려보낸다

밥술깨나 뜨는 사람들도

진달래

산그림자 밟으며
붉은 길 따라 산에 든다

울컥울컥 피 토하는 심정이야
봄볕에 아득해지는 야윈 등만 할까

입안에 든 안주도 나누어 먹던 사람이
산등선을 두고 서로 자기네 땅이라 우기며
법정을 오가는 사이로 변하는 건 한순간이었다

오를수록 좁아지는 산길인데
멀어질수록 세상은 조용한데
꽃들은 더욱 어깨 부딪히며 가깝고
한숨은 발끝에 떨어져 자꾸 무거워진다

꽃 속에 들어서도
향기의 의미 하나 깨닫지 못하고
마르는 줄도 모르고 타들어 가는 이

무량한 봄날

성격 차이

그는 빨강과 파랑 같은 색깔 차이라고 말했다

나는 연둣빛이 가슴 시리게 좋았다
　봄가을을 느끼며 손에 손잡고 산과 바다를 누비는 이
　웃이 부러웠고
　한여름에 머그잔이 땀으로 흥건하게 젖는 아이스커피
　마셨고
　옷을 벗고 자야 잠이 들었고
　태백산 눈꽃 열차 여행 가고 싶어 했고
　피붙이와 지지리 가난했던 이야기로 웃음 빵 터지는
　날을 좋아했고

너는 계절은 잊고 전화로 수다 떠는 것을 좋아했다
　소파에 뒹굴며 티브이로 계절을 맞이했지
　앗떠 앗떠 입술 깨물며 후후 불면서 커피를 마셨지
　옷을 입고도 누에고치처럼 이불을 돌돌 말아서 잤지
　찜질방을 가고 싶어 했지
　돈이 최고라며 계좌이체를 좋아했지

너는 성격 차이라고 말하고
나는 온도 차이라고 답하는
별것 아닌 사이, 별것이 되는

한 표

한 번도 본적 없는 사람이 와서
웃고 손잡고 강제로 사진 찍자 하네

한 푼도 아니고 한 장도 아니고
한 표를 달라고 하네

기차표도 아니고, 영화표도 아니고, 암표도 아닌데
당장 돈을 주고 사야 하는 것도 아닌데

그 한 표 뒤에는
얼마나 비싼 가격표가 숨겨져 있을까

나도 모르게 한 표가 한편이 되는 것 같은데
오늘만 갑이 되어 보고
내일부터 또 을이 되는 계약서 같은데

사람 인ㅅ자 새겨진 오늘 하루 주인 행세하고
내일부터는 고개 조아리는 붉은 도장

콱, 찍어 달라고 하네

해지도 안 되는

꽃잎

그것은,
나무가 처음으로 흘려보내는 후렴처럼 흘러나온 혼잣말

보드라운 바람에 맡겼다가
가벼이 내려앉을 때

계절을 넘기듯 찍히는
꽃잎의 발자국

지금,
벚나무 가지에는
아직 완성되지 않은 말들이
언젠가 보여주고 싶은 표정들이
충전되고 있어

조금씩 결정화되고 있는 소금처럼

상처를 핥는 시간

문어를 한통속에 두면 배고픈 문어가
제 발이 아닌 다른 녀석의 발을 잘라 먹는다
내가 허기질 때 내 곁을 지키던 다른 녀석의 발을 잘라
먹는
완벽한 이기와 자기애는
문어들의 불문율

부모한테 지치고 자식에게 서운하고 절친에겐 배신당한
팔다리 잘린 문어 통영으로 간다
중앙시장 얼큰한 소주 몇 잔이면
한 방울 떨어진 먹물이 물에 스며 풀어지듯
어느덧 피 멍든 화도 풀리고

뒷모습 닮아가는 사람끼리 둘러앉아 바라보는
통영 앞바다에
꽃처럼 피어난 돌문어
서로의 상처를 핥아주며
함께 노을이 되어간다

대성사 붕어

한 백 년쯤 처마 끝에 매달려 있었던가

마침내,
종을 떼어내고
바람을 걷어차고

처음의 기억으로 꼬리지느러미를 흔들어
절집 연못에 뛰어들었을 때

놀란 어린 금붕어 다섯 마리가
물 밖으로 내민 입만 뻐끔거린다

허공에서도 물속에서도
여전히 낯선 이방인으로
섞이지 못하는 건 여전한데

흔들리며 몸 안에 새긴 풍경의 소리가
이명처럼 들려서

연못에는 계속 파문이 인다

물 속보다 더 새파란 허공에
홀로 남은 종

묵언수행 중

울컥

탈북민 꼬리표는
떼어지지 않는다

사회주의를 버리고
자본주의를 맛본 지 십 년 동안
쓰고 텁텁하던 날들이
달달하고 평온한 일상으로 바뀌었어도 여전히

마산가고파 국화축제장
남북이 하나 되는
통일체험 부스에서 자원봉사를 한다

언감자떡, 아바이순대, 국수강정, 사탕 시식 코너
엄마 손 잡고 지나가는 아이에게 맛보기를 권한다
엄마는 언감자떡이 건강한 맛이라고
통일 스티커를 손등에 붙이고
아이는 아바이순대에 두 손을 모은다

집으로 돌아온 나에게 일곱 살 아들이 묻는다
-엄마, 태극기 많이 팔았어?

태극기는 파는 것이 아니라고
가슴에 묻고 나누는 거라고

두 손으로 흔들며
우리의 소원은 통일
노래 부르는 아이를 앞에 두고

두고 온 가족이 하얀 밥알에 걸려
목이 멘다

아, 네

국제전화 한 통 걸려 왔다
엄마 살려줘 엄마 살려줘
수화기를 뚫고 급박하게 외치는 소리
아들은 호주에 있었고 전화도 받지 않았다
4월의 꽃잎처럼 주저앉았다
자식이 위험하니 지시에 따르기만 하라고
어쩌면 좋아 어쩌면 좋아
넋 놓고 발 동동 구르며
통장 찾고 있을 때
통화 내용 듣고 있던 친구가 쪽지를 내밀었다
―보이스피싱이다
목 줄 채운 애완견처럼 은행으로 끌려갔다
먼저 와 있던 경찰이 휴대전화를 채갔다
너 딱 걸렸어!
행동책과 옥신각신하는 사이
턱에 걸렸던 숨을 내쉬고
밑밥 없는 바늘에 걸렸던 통장
바늘 끝을 툭 잘라버렸다

요즘도 뭉툭하게 잘린 바늘마다 입질이다

어머니 별일 없으시죠
아, 네

아니!

대화 중에
아니!
하고는 툭 잘라버린다

툭 잘린 말꼬리가
위험을 감지한 도마뱀 꼬리처럼 당황한다

화를 누르며 거세게
말꼬리로 초리를 휘둘렀지만
소귀에 경 읽기다
말꼬리에 잘려 심장이 뒤틀린
심리 터널
울지도 웃지도 못하고
말문을 닫는다

말꼬리 잘라 먹는
모르쇠 심리는 어떤 맛일까

-아니!
입술이 타들어가도 목구멍으로 삼켜야 한다

나의 노래

7년을 없는 듯
살았습니다 여름 한 철 득음하여
소리를 얻을 때까지 그리하여
내가 이 세상에 온 흔적 하나
남길 때까지

날개는 날아오르기 위해
비상을 꿈꾸지 않았습니다
소리를 얻기 위해
7일간의 처절한
삶을 위한 것입니다

여름 한밤 내내 목이
터지라고 구혼의 세레나데를 불렀습니다
소음이라 돌팔매를 당해도
마침내 지상에서 삶을
마감하면 허물을 벗듯

의식을 견디지 못하고 푸르게 쓰러집니다
나의 노래 나의 울부짖음
하루를 일 년같이
한 시간을 한 달같이 살아
여한이 남지 않습니다

두리안

나는 과일계의 문제적 존재

껍질은 철갑
향기는 핵폭탄

엘리베이터는 출입금지
입속에선 VIP

사람들은 말하지

이건 생화학 무기야

그냥 웃지
네가 다시 찾을 거니까

속촉 겉삐죽
크림 같고 치즈 같은
약간 양파 같기도

어쨌든 한 입만 더

사랑과 증오 사이 그 어디쯤
나는 절대 무시당하진 않아
잊히는 법이 없으니까

퇴근길

어둠이 내려앉자
검은 수고양이 한 마리가
낮에 암고양이가 털어놓은
소주 두 병 날개뼈 한 조각
휘청거리는 하루를
검은 비닐봉지에 주워 담는다

원룸 휘어진 불빛 너머
임희숙의 내 하나의 사랑은 가고
등이 휠 것 같은 무게가
술잔으로 가라앉는다
뼛조각까지 핥는다
빈 소주병만 빈 속을 채워준다

| 해설 |

누우처럼 험난한 강을 건너며

성 선 경 (시인)

누우처럼 험난한 강을 건너며

시를 쓴다는 것은 마음의 경계에 서는 일이다. 경계에 섰을 때 모든 사물들은 그 존재가 명확해진다. 손윤금 시인의 시집 『울컥』은 마음의 경계에 서서 바라보는 사람살이에 대한 기록들이다. 내 곁에 있는 사람이나 내 곁을 떠난 사람이나 내가 건너야하는 험난한 세상의 경계에서 보고 듣고 체험한 일들에 대한 회상이다.

사람살이의 일상이라는 것이 매양 동일한 시간의 반복인 것처럼 보이지만 사실은 매 순간 선택과 결심의 경계에 서는 일이다. 매양 반복되는 일상도 사실 자세히 살펴보면 동일한 반복은 거의 존재하지 않는다. 그래서 현실을 산다는 것은 초원의 누우가 악어들로 가득한 험난한 강을 건너는 것처럼 두렵고 고통스러운 일이다.

특히나 결코 잊힐 수 없는 상처를 가진 시인에게는 그 고통이 배가 된다. 매일 다가오는 일상들은 늘 두렵고 그

상처의 순간들이 되풀이되어 반복될 수밖에 없다. 매일 다가오는 일상이 그 상처의 순간과 겹쳐지게 될 때 우리는 저 가슴 속에서 올라오는 '울컥'한 마음의 격동을 겪게 된다.

시골 옆집에 심어놓은 호박잎 뚝 뚝 따 왔다
땡초 대파 양파 멸치 우려낸 밑국물에
짭쪼름하게 끓인 강된장
찐 호박잎 쌈을 먹는다

마주 보며 함께 웃어 줄
호박꽃 같은 사람이 없어 혼자 먹는 밥

아무리 긁어도 가려움은 없어지지 않고
꺼칠한 호박잎에 스친 살갗이 발갛게 부어오르듯
쓰리고 아픈 가슴 저 밑바닥에
까실까실한 먼 기억

그 더운 여름에도 남편은
본가 마루에 걸터앉아
스텐 밥그릇에 강된장 듬뿍 담아서 호박잎쌈 먹는 걸
가장 큰 즐거움이라 했는데

시어머니는 입안이 소태같이 쓰다며
강된장에 말아 후루룩 빨아들이는 국수를
제일 맛있다 했는데

혼자 앉아
빚진 것도 없이
빚진 것만 같은 마음이 되어
명치끝이 너무 아파
눈이 매운 날이다
　　　－「강된장, 호박잎」

　위의 시 「강된장, 호박잎」은 호박잎쌈을 먹는 이야기지
만 이 시는 '강된장'과 '호박잎'이 그 주된 주제가 아니
다. 이 시의 주제는 "빚진 것만 같은 마음"에 있다. 시인
은 '강된장'과 '호박잎'을 앞에 두고 "혼자 앉아/ 빚진
것도 없이/ 빚진 것만 같은 마음이 되어/ 명치끝이 너무
아파/ 눈이 매운 날"에 대한 이야기다.

　시와 산문의 경계는 모호하지만 그 경계는 있다. 예를
들면 미당 서정주 선생과 김동리 선생의 일화에서 보듯
"벙어리도 꼬집히면 우는 것을"이라는 발화가 산문적 진
술이라면 "벙어리도 꽃이 피면 우는 것을"이라는 표현은
시적 진술 경계의 좋은 예다.

　그래서 "혼자 앉아/ 빚진 것도 없이/ 빚진 것만 같은 마음이 되어/ 명치끝이 너무 아파/ 눈이 매운 날"이라는 표현은 산문과 시의 경계를 예시하는 좋은 사례가 되겠다. 사실 '강된장'과 '호박잎'은 눈이 매운 음식이 아니다. '눈이 맵다'는 것은 '울컥' 하는 마음에 가 있는 것이다.

　혼자서 먹은 '강된장'과 '호박잎'에서 시인은 "쓰리고 아픈 가슴 저 밑바닥에/ 까실까실한 먼 기억"을 떠올리며 '빚진 것도 없는데 빚진 마음'의 죄송한 마음을 갖게 되는 것이다. 이러한 기억의 회상은 "아무리 긁어도 가려움은 없어지지 않고/ 꺼칠한 호박잎에 스친 살갗이 발갛게 부어오"르는 것이다. 여기에 시의 경계가 있다.

금방이라도 바스러질 듯한

오래 묵은 미역을 불렸습니다

터져 나온 양수처럼 미끈거렸습니다

내가 태어날 때 난산이었다고 합니다

세상 밖으로 나오지 못하는 아이나

세상으로 내보내 주지 못하는 엄마나

온 생을 걸고 마지막 힘을 서로에게 나누었겠지요

－ 미역꾹은 끼리 문나

구순을 넘긴 엄마가 음력 내 생일을 챙깁니다
전화기 너머로
그날의 미안함을 담아서

―소고기미역국 끓여 먹었지. 걱정하지 마!

꺼끌꺼끌하던 목으로 내 목소리가 미끄러집니다
전화기 너머로
그날의 고마움을 담아서

떫고 텁텁하던 입안이
전화 한 통에
개운해졌다 하시는 엄마
그 목소리 오래 우려낸 국물처럼

하늘이 깊고
바다가 높은 날입니다
　　　―「미역국」

　시에서 묘사나 비유는 매우 중요하고 빈번하게 사용하는 방법이지만, 사실 시는 묘사나 비유를 넘어서는 데 그 경계가 있다. 묘사나 비유를 넘어 '마음의 경계'를 열어 보이는 일이 시를 쓰는 일이다. 많은 시인들이 이 '마음의 경계'를 열어 보이지 못하고 묘사나 비유에 머무는 것을 종종 본다. 묘사나 비유를 단계를 뛰어넘어 '마음의 경계'를 열어 보여야만 올바른 시의 세계에 도달했다 볼 수 있다.

생일과 낳아주신 부모님의 은혜를 "하늘이 깊고/ 바다가 높은 날입니다"는 표현은 묘사나 비유의 경계를 넘어서고 있다. 생일을 이렇게 표현한 예는 지금껏 '손윤금' 시인이 아마 처음이지 않나 생각된다.

"하늘이 깊고/ 바다가 높은 날입니다"는 표현은 "내가 태어날 때 난산이었다고 합니다/ 세상 밖으로 나오지 못하는 아이나/ 세상으로 내보내 주지 못하는 엄마나/ 온 생을 걸고 마지막 힘을 서로에게 나누"는 일이라는 표현이나, "-소고기미역국 끓여 먹었지. 걱정하지 마!// 꺼끌꺼끌하던 목으로 내 목소리가 미끄러집니다/ 전화기 너머로/ 그날의 고마움을 담아" 보내는 표현들을 한 차원 높은 시의 세계로 독자들을 이끈다. 시와 산문의 경계는 여기에 있다.

탈북민 꼬리표는
떼어지지 않는다

사회주의를 버리고
자본주의를 맛본 지 십 년 동안
쓰고 텁텁하던 날들이
달달하고 평온한 일상으로 바뀌었어도 여전히

마산가고파 국화축제장
남북이 하나 되는
통일체험 부스에서 자원봉사를 한다

언감자떡, 아바이순대, 국수강정, 사탕 시식 코너
엄마 손 잡고 지나가는 아이에게 맛보기를 권한다
엄마는 언감자떡이 건강한 맛이라고
통일 스티커를 손등에 붙이고
아이는 아바이순대에 두 손을 모은다

집으로 돌아온 나에게 일곱 살 아들이 묻는다
– 엄마, 태극기 많이 팔았어?

태극기는 파는 것이 아니라고
가슴에 묻고 나누는 거라고

두 손으로 흔들며

우리의 소원은 통일
노래 부르는 아이를 앞에 두고

두고 온 가족이 하얀 밥알에 걸려
목이 멘다.
　　　－「울컥」

　시는 곧 마음을 울리는 일이다. 그것이 서사이든 묘사
이든 진술이든 곧 마음을 울리는 일이다. 위의 시 「울컥」
은 '마산가고파 국화축제장 (북한음식)시식코너'에서 '통
일체험 부스 자원봉사' 활동을 하며 느낀 일화에 대한 서
사다.
　'울컥' 하는 감정은 일상의 평온을 뛰어넘어서는 '마음
경계'다. 그래서 "목이 멘다". "언감자떡, 아바이순대, 국
수강정, 사탕" 등을 시식하는 축제장에서 "두고 온 가족
이 하얀 밥알에 걸려/ 목이 멘다."
　"사회주의를 버리고/ 자본주의를 맛본 지 십 년 동안/
쓰고 텁텁하던 날들이/ 달달하고 평온한 일상으로 바뀌었
어도 여전히" '쌀밥'의 '하얀 밥알'에 걸려 "목이 멘다"
　시는 종종 부분으로 전체를 말하고 한 단어로 한 세계
를 열곤 한다. '하얀 밥알'이라는 단어 하나에 '탈북민'의
마음 전체를, '두고 온 가족'에 대한 미안한 감정을 다 담

고 있다. '사회주의와 자본주의'의 차이를 '남한과 북한'
의 현재 처지를 한꺼번에 압축하여 표현하고 있는 것이
다.

'쌀밥'의 '하얀 밥알'에 걸려 "목이 멘다" '울컥' 한다.
시는 사람의 마음을 요동시켜 '울컥' 하게 하는 데 있다.
'울컥' 하는 것, 이게 시다.

오랜만에 오셨군요

부모님 모시고 동생과 저 세상 여행 다녀오셨다고요

잘 지냈냐고요

마냥 서러워 할 수는 없으니까 그럭저럭

당신이 고생하신 덕분에 예나 지금이나

오늘처럼 잘 지내고 있어요

쯧쯧 혀를 차며 아까운 사람인데

참 아까운 사람 맞습니다

오랜만에 당신의 목소리 들으니 좋아요

밤새 내려 초롱한 빗방울 떨어질까 봐

빨랫줄에 앉지 못하시는군요

옆집 차가 움직이나 봐요

당신 목소리가 자꾸 멀어져요

다음엔 혼자 오지 말아요
　　　－「안부를 묻다 1」

아 그래, 나야 잘 지냈지
여기는 당신도 없잖아
걱정할 게 뭐 있어
나는 아까운 사람이 아냐
마음 쓰지 마
오랜만에 당신 목소리 들으니 좋네
나는 당신 세상이 생각도 안 나
모든 것들이 다 흩어져 버려
당신도 내 세상 궁금해하지 마
더 오래 있다가 와
그래, 늘 웃어
당신의 삶을 당신처럼 살아
간혹 당신 기억 속에 나를 살게 해줘
　　　－「안부를 묻다 2」

위의 시 2편 「안부를 묻다 1」과 「안부를 묻다 2」는 짝
을 이루고 있다. 이승과 저승의 경계를 넘어 당신이 나에
게, 내가 당신에게 하고 싶은 말을 교환하고 있다. 「안부
를 묻다 1」은 이승의 내가 저승의 당신에게 하고 싶은 말

을 하고 있고, 「안부를 묻다 2」는 저승의 당신이 내게 하고 싶은 말을 전하는 형태다.

시적 발화가 감정의 울림에서 온다면 「안부를 묻다 1」과 「안부를 묻다 2」는 기억 속의 당신과 내가 나눈 대화이다. 이 시를 통해 시인의 기억 속에는 당신이 살아있고, 당신의 기억 속에는 내가 살고 있다. 그래서 "간혹 당신 기억 속에 나를 살게 해줘"라는 표현은 내가 당신에게 당신이 나에게 어떤 존재였는지를 독자들에게 인지시키고 있다.

위 두 편의 시를 통해 시인은 이승과 저승의 경계를 허문다. 이 시는 시인에 의해 창조된 대화이지만 이승과 저승의 경계를 뛰어넘고 있다. 시적 세계는 자주 현실의 벽을 뛰어넘어 존재한다. 이승과 저승의 경계도 마찬가지다. 바꾸어 말하면 시인에 의해 창조된 이 세계는 이승이 저승의 그림자요, 저승이 곧 이승의 그림자가 된다. 이렇게 이들의 대화처럼 사랑은 이승과 저승의 경계를 뛰어넘어 존재하곤 한다.

널린 것이라곤 돌뿐이라서
무거운 삶을 켜켜이 머리에 이고
납작하게 살아갑니다
사는 게 본디 그렇습니다

태항산 천 길 낭떠러지 벼랑

다랑이에 강냉이 몇 줌

거미줄 치고

바짝 엎드려 살아갑니다

부스러져 튕겨 나간 돌쩌귀

암짝은 문설주에

수짝은 문짝에 박혀

차가운 바람 부는 대로

한 겹, 또 한 겹 누더기누더기

망치와 정으로

뚝딱뚝딱 쌓아 올렸습니다

누더기라서

가볍고 따뜻합니다

얼음장 같은 구들목

장작은 절벽처럼 쌓였습니다

태항산 천 길 낭떠러지 벼랑

접시꽃 하나

불 밝혀 기다리고 있습니다

　　　－「납작 돌집」

무엇을 보느냐? 무엇을 듣느냐? 하는 것은 시인의 경계를 나타내는 한 지표가 되곤 한다. 위의 시는 시인이 중국을 여행하면서 태항산에서 본 것을 중심으로 시를 풀어내고 있다. 중국의 태항산은 동쪽의 화북평야와 서쪽의 산서고원 사이에 위치하고 있다. 태항산은 험난하기로 예로부터 그 이름이 높다. 산서성(山西省), 산동성(山東省)이라는 지명도 이 태항산의 서쪽과 동쪽에 있는 것에서 유래되었다 한다.

이 시에서 시인의 눈에 비친 태항산은 아름다운 경치가 아니라 가난이다. "널린 것이라곤 돌뿐이라서/ 무거운 삶을 켜켜이 머리에 이고/ 납작하게 살아갑니다" 이 납작한 삶을 시인은 '다랑이 논'과 '거미줄' '부스러져 튕겨 나간 돌쩌귀' '누더기' '얼음장 같은 구들목' '천 길 낭떠러지 벼랑'으로 표현한다. 시인의 눈에 비친 가난이다.

시인의 눈에 띄는 이러한 가난의 표식들은 시인의 삶과 무관하지 않다. 시인의 다른 시 「선물」에서 선물로 받은 "비싸고 귀하다고 아껴둔 브랜드 속옷/ 차마 입지 못하고 쟁여두"고 입지 못하거나 "비싼 브랜드 속옷은 아껴 제쳐두고/ 눈대중으로 고른 싸구려 속옷이 만만하고 편했다"라는 표현을 통해 시인의 삶을 우리는 대충 짐작할 수 있다.

무엇을 보느냐? 무엇을 듣느냐? 하는 것은 곧 그 시인의 삶의 표상이다. 여기서 시인의 눈에 비친 것은 태항산의 절경이 아니라 찌들대로 찌든 가난이다. 시인은 태항산에서 가난을 본 것이다. 시인이 본 이 가난이야말로 시 「납작 돌집」을 태동시킨 동인이 아닌가 보아진다.

경로당 치매 예방 체조 수강생 평균 연령 팔십팔세의 언니들에게 칠순의 강사가 묻는다

-오늘 딱 하루만 살 수 있다면 무얼 할 거예요

목욕재계하고 피붙이 불러 모아 요리시켜 못다 한 이야기 나누며 기다린다는 의령댁, 친구들 다 불러 모아 맛난 것 먹으며 즐기다 웃는 얼굴로 간다는 고성댁, 불고기에 술 한 잔 거나하게 먹고 자는 잠에 간다는 진동댁, 숨 끊어지면 나무토막인데 시신 기증하러 의과대학에 간다는 서산댁, 저 세상이 어떨까 생각에 잠기다 간다는 합천댁, 기도하며 간다는 창원댁, 몰라 몰라 무얼 먼저 할지 정할 수가 없다는 부산댁

깊은 주름 사이로 저마다의 마지막 바람이 고목에 돋는 새순처럼 피어난다
　　　-「마지막 바람」

시는 본질적 물음에 답하는 일이다. 위의 시 「마지막 바람」은 인생의 '마지막 하루'에 대한 본질적 물음에 대한 대답이다. 이 물음에 대한 대답은 갑남을녀나 장삼이사가 다 다를 수도 있고 다 같을 수도 있다. 긴 문장의 마침표 같은 "오늘 딱 하루만 살 수 있다면 무얼 할 거"냐는 질문은 모든 사람이 갖는 자문자답의 물음이기도 하고 대답이기도 하다.

평균 연령 팔십팔세의 '경로당 치매 예방 체조 수강생'이나 '칠순의 강사'나 모두 세상을 살만큼 살아온 인생이고 남은여생도 그리 길지 않은 같은 처지다. 이제는 모두 '마지막 바람'을 생각해야할 나이인 것이다. 이 본질적 물음에 대다수의 사람들이 갖는 욕망은 '자는 잠'에 간다는 것이다. 이 욕망은 갑남을녀나 장삼이사가 대동소이할 것이다.

가까운 피붙이들과 마지막 대화를 한다거나, 맛난 음식을 먹는다는 것은 다 부수적인 일이고 '자는 잠'에 이승을 넘어 저승으로 갔으면 하는 바람이 그 핵심이다. "저마다의 마지막 바람이 고목에 돋는 새순처럼 피어난다" 해도 그 욕망의 끝은 '자는 잠'에 가는 것이다.

시의 존재 가치는 이와 같이 본질적 물음에 답하는 일이다. 본질적 물음에 답한다는 것을 다른 말로 다시 말하면 마음의 경계에 서는 일이다. 시는 본질적으로 마음의 경계에 서는 일인 것이다. 그 경계에 섰을 때 모든 사물의 그 존재가 명확해진다 할 수 있다.

험난한 인생의 강을 건너려는 누우처럼, 험난한 인생의 강을 건넌 누우처럼 시는 「마지막 바람」에 대한 물음에 답하는 일이다. 그 대답에 우리는 '울컥' 한다. 「울컥」하는 여기에 시가 있다.